BIBLIOTHÈQUE
MORALE
de
LA JEUNESSE.

NE MENTEZ PAS

ROUEN.
MÉGARD ET Cie,
ÉDITEURS.

BIBLIOTHÈQUE MORALE

DE

LA JEUNESSE

PUBLIÉE

AVEC APPROBATION

NE MENTEZ PAS

Par R. M.

ROUEN

MÉGARD ET Ce, IMPRIM. LIB.

1856

Avis des Éditeurs.

Les Éditeurs de la **Bibliothèque morale de la Jeunesse** ont pris tout à fait au sérieux le titre qu'ils ont choisi pour le donner à cette collection de bons livres. Ils regardent comme une obligation rigoureuse de ne rien négliger pour le justifier dans toute sa signification et toute son étendue.

Aucun livre ne sortira de leurs presses, pour entrer dans cette collection, qu'il n'ait été au préalable lu et examiné attentivement, non-seulement par les Éditeurs, mais encore par les personnes les plus compétentes et les plus éclairées. Pour cet examen, ils auront recours particulièrement à des Ecclésiastiques. C'est à eux, avant tout, qu'est confié le salut de l'enfance, et, plus que qui que ce soit, ils sont capables de découvrir ce qui, le moins du monde, pourrait offrir quelque danger dans les publications destinées spécialement à la Jeunesse chrétienne.

Ainsi tous les ouvrages composant la **Bibliothèque morale de la Jeunesse** sont-ils revus et approuvés par un Comité d'Ecclésiastiques nommé à cet effet par MONSEIGNEUR L'ARCHEVÊQUE DE ROUEN. C'est assez dire que les écoles et les familles chrétiennes trouveront dans notre collection toutes les garanties désirables, et que nous ferons tout pour justifier et accroître la confiance dont elle est déjà l'objet.

NE MENTEZ PAS.

Adèle et sa petite sœur Caroline ayant bien étudié pendant toute la semaine, Mme Bernier, leur mère, leur promit de les conduire chez leur nourrice, qui habitait un joli village peu éloigné de Metz, et d'y passer deux ou trois jours avec elles. Ce fut une grande joie pour les deux enfants : elles aimaient beaucoup leur nourrice, qui les gâtait de toutes ses forces ; puis elles se promettaient tant de plaisir à courir dans les champs, qu'aucun projet ne pouvait leur être plus agréable que celui-là.

— Quand partirons-nous, maman ? demanda Caroline.

— Dès qu'il fera beau, répondit Mme Bernier.

— Ah ! quel ennui que cette vilaine pluie

ne cesse pas ! dit Adèle. D'ici à ce qu'il fasse beau, qui sait ce qui peut arriver ?

— Que crains-tu donc, ma fille ? Aurais-tu peur de ne pouvoir continuer à être bonne et docile pendant quelques jours encore ?

— Je veux bien être sage ; mais si tu changeais d'avis, nous perdrions la récompense que tu nous as promise.

— Pourquoi donc changerais-je d'avis ? Ne suis-je pas trop heureuse quand je puis vous donner des encouragements et des éloges, quand je puis, en vous procurant quelque plaisir, vous remercier de celui que votre conduite me donne. Rassure-toi donc, Adèle, et sois sûre que si je suis contente de ta sœur et de toi jusqu'à ce que nous partions, comme je l'ai été depuis quelque temps, vous n'y perdrez rien. Mais il faut que je sois contente, que Caroline prenne garde à son étourderie, et que toi, ma chère Adèle...

Adèle rougit et fit une petite moue assez désagréable.

— Allons, je vois que nous nous comprenons, dit Mme Bernier ; et comme je ne veux pas gronder ni sermonner aujourd'hui, je n'en dirai pas davantage. Profitez de ce qu'il ne pleut pas en ce moment pour aller courir un peu dans le jardin ; mais n'allez pas dans le verger ; car l'herbe est mouillée, et vous pourriez vous enrhumer.

Adèle avait neuf ans ; elle était grande et forte pour son âge, et son intelligence n'était guère moins développée que sa taille. Douée d'une mémoire excellente, elle apprenait avec une grande facilité, et, ce qui est bien plus rare, elle n'oubliait pas ce qu'elle avait une fois appris ; aussi était-elle une des meilleures élèves de sa pension. Elle avait un assez bon caractère, et ses compagnes l'aimaient. D'ailleurs, elle n'était pas vaine de ses progrès, ne se moquait jamais de personne et rendait volontiers service à tout le monde. Enfin, elle aimait tendrement son père, sa mère et sa sœur, et elle eût été désolée de leur causer la moindre peine.

Mais un grand défaut ternissait toutes ces belles qualités : Adèle avait pris, sans qu'on sût comment, l'habitude de mentir à tout propos ; et quoique Mme Bernier eût tout employé pour l'en corriger, ses efforts avaient été inutiles.

M. Bernier, qui, depuis plus d'un an, avait été appelé en Angleterre pour des affaires importantes, n'écrivait jamais à sa femme sans lui demander si Adèle mentait encore, et Mme Bernier n'avait pu jusqu'alors lui donner à ce sujet une réponse satisfaisante. Cependant, depuis huit jours, elle n'avait guère reconnu que deux ou trois petits mensonges, que sa fille s'était aussitôt empressée de désavouer; il y avait progrès, et c'est pourquoi la bonne mère s'était engagée à conduire Adèle et Caroline à la campagne. Elle comptait, si les deux enfants s'y plaisaient, y rester avec elles pendant toute la durée des vacances; et si elle ne leur avait pas encore dit, c'était pour leur en laisser la surprise.

Caroline avait près de trois ans de moins que sa sœur; sauf une vivacité, une pétulance extraordinaires, on n'avait rien à lui reprocher.

— A quoi allons-nous jouer? demanda la petite fille à peine arrivée dans le jardin.

— Fais ce que tu voudras, répondit Adèle; la terre est bien détrempée, je vais en profiter pour replanter des fleurs dans mon parterre.

— Je veux planter avec toi, dit Caroline.

— Non, tu ne sais pas. Puis tu te salirais, et maman te gronderait.

— Mais je t'assure que je ne me salirai

pas du tout. Montre-moi seulement comment il faut que je fasse, et tu verras.

— Eh bien! écoute : je veux faire une bordure de marguerites; voilà un couteau, tu vas m'en déraciner de beaux pieds le long du verger, sans y entrer surtout, puisque maman l'a défendu, et tu me les apporteras. Tiens, voilà comme il faut s'y prendre.

— C'est bien, dit Caroline toute joyeuse; tu n'as qu'à planter, je te fournirai de la provision.

Adèle se mit à l'ouvrage. De temps à autre, la petite fille lui apportait une marguerite sans racine. Adèle haussait en souriant les épaules et la jetait de côté; Caroline la ramassait, l'examinait avec attention, puis la rejetait à son tour. Mais bientôt elle reçut force compliments : les plantes étaient superbes, les feuilles larges et les racines si longues, qu'Adèle était obligée de les couper.

Le jardinet fut en une demi-heure entièrement bordé, et les deux sœurs battirent des mains en voyant le bel effet que produisaient les jolies petites étoiles blanches sur cette ligne de verdure. Mais Adèle, ayant reporté les yeux sur Caroline, jeta un cri de surprise; ses bas et ses souliers étaient pleins de terre, son pantalon brodé et sa robe de mousseline étaient mouillés et marbrés çà et là de larges taches de verdure.

— Tu as donc été dans le verger? dit Adèle.

— Il l'a bien fallu; la terre était trop dure au bord du chemin, je ne pouvais pas déraciner les marguerites.

— Tu devais me le dire. Maman va croire que nous avons voulu lui désobéir, et nous n'irons pas voir Suzanne.

— Ah! quel malheur! dit Caroline. Moi qui me réjouissais tant d'aller manger du raisin dans les vignes et de courir après les moutons dans les prés. Mais ne crains rien, je vais aller trouver maman, je lui dirai que j'ai oublié la défense qu'elle nous a faite, et je suis sûre qu'elle me pardonnera.

— Non, il vaut mieux que tu viennes avec moi; la robe que tu avais hier est pareille à celle-ci, nous trouverons bien un pantalon qui ait été déjà mis; je te rhabillerai, et maman n'y verra rien.

— Mais ce sera mentir, objecta Caroline.

— Nous ne mentirons pas, puisque je te dis que maman ne se doutera pas de tout cela. Allons, viens vite.

La toilette de Caroline fut bientôt faite, et

Adèle lui assura de nouveau que Mme Bernier ne s'apercevrait pas de ce changement. Mais les mamans ont de si bons yeux, qu'avant que Caroline eût refermé la porte du salon où se tenait sa mère, celle-ci avait tout deviné.

— Vous êtes-vous bien amusées? demanda-t-elle à Adèle.

— Oh! oui, maman, très-bien; nous avons fait une bordure nouvelle à mon petit jardin; tu verras comme il est joli. Caroline m'apportait des fleurs, et je les plantais.

— Vous ne vous êtes pas mouillées, je vois que vous n'êtes pas entrées dans le verger.

— Puisque tu nous l'avais défendu, maman, tu pouvais bien penser que nous nous garderions d'y aller.

— Allons! vous êtes deux petites filles bien obéissantes. Que pourrais-je donc vous donner pour récompense? Voyons, Adèle, que veux-tu?

— Rien, maman; il me suffit que tu sois contente.

— Et toi, Caroline? Parle donc, mon enfant; on dirait que tu as peur.

— C'est que... c'est que..., balbutia Caroline. Mais ce n'est pas la faute d'Adèle, petite mère. Elle plantait les marguerites et elle ne voyait pas où j'allais. Si tu veux me promettre de ne punir que moi, je te dirai la vérité.

— Adèle ne la dit donc pas ?

— Adèle peut t'assurer qu'elle n'est pas entrée dans le verger ; mais moi, maman, je ne me suis plus souvenue de ce que tu nous avais recommandé, j'y suis allée, et ma sœur a été obligée de me déshabiller, tant j'étais mouillée. Mais je ne voulais pas te désobéir, ma petite mère, et je te promets qu'une autre fois je tâcherai de ne pas oublier ce que tu me diras.

— Je te crois, mon enfant, et je te pardonne. Viens m'embrasser.

— Et Adèle, tu ne l'embrasses pas ? demanda Caroline.

— Qu'elle dise elle-même si elle le mérite.

Adèle baissa la tête et murmura en pleurant quelques mots d'excuse.

— Je ne voulais pas, dit-elle, faire gronder Caroline ; il me semblait que ce serait mal, et puisque moi je n'avais pas désobéi, je croyais pouvoir te dire non. Était-ce donc encore un mensonge ?

— Oui, répondit Mme Bernier ; de plus,

c'était un mauvais conseil et un mauvais exemple donnés à ta sœur. Pourquoi donc veux-tu l'habituer à me tromper ? Pourquoi toi-même essaies-tu si souvent de me cacher la vérité ? Ne vaudrait-il pas cent fois mieux avouer franchement tes fautes comme vient de le faire ta sœur que de les aggraver en les niant ? Cependant, puisque tu n'as menti que pour ne pas attirer de réprimande à Caroline, je veux bien te pardonner cette fois encore ; mais, je t'en supplie, mon enfant, que cela ne t'arrive plus ; car il n'y a pas de défaut plus lâche et plus odieux que le mensonge. Je te l'ai déjà dit souvent, et je te le répète : rien ne me fait plus de peine que de te voir, malgré mes exhortations et mes prières, faire si peu d'efforts pour te corriger.

— Puisque tu nous pardonnes, maman, nous irons voir Suzanne, n'est-ce pas ? demanda Caroline.

— Je crois que nous pourrons partir demain, les nuages se dissipent et le soleil reparaît. Mais promettez-moi, mes enfants, que là-bas vous ne me donnerez pas de sujet de plainte, que vous ne vous ferez remarquer que par votre douceur et votre docilité, et que personne ne pourra dire : « Voyez donc cette pauvre Mme Bernier. De deux filles qu'elle a, l'une est un vrai démon, et l'autre une menteuse. »

— Tu seras contente de nous, maman, je te le promets, dit Caroline. Vois comme Adèle est triste de t'avoir fait de la peine. Elle ne mentira plus jamais, et moi je ferai tout ce que je pourrai pour n'être plus étourdie.

Mme Bernier fit ce que toutes les mères auraient fait à sa place : elle serra dans ses bras la gentille enfant, puis sa fille aînée, qui confirmait de bon cœur les promesses de Caroline.

Le lendemain, le temps était magnifique, et les deux sœurs, levées de grand matin, mirent à la hâte la dernière main à leurs petits préparatifs. Elles emportèrent, d'après le conseil de leur mère, l'une sa broderie, l'autre son tricot, des livres amusants, et même leurs livres de classe ; et ce dernier article ne leur causa ni effroi ni mauvaise humeur. Elles aimaient l'étude et elles savaient que Mme Bernier n'était point exigeante.

Suzanne reçut ses chères filles — c'est ainsi qu'elle nommait Adèle et Caroline — avec une joie pleine de tendresse et d'admiration. Elle ne pouvait se lasser de les regarder, tant elle les trouvait grandes et belles, et tant elle était ravie de voir que les deux enfants avaient gardé d'elle un bon souvenir.

— Ah ! ma chère dame, dit-elle en pleurant à Mme Bernier, il me semble que je retrouve Madelon et Toinette, les deux chères petites qui seraient aujourd'hui de cet âge-là si le bon Dieu ne les avait pas enlevées pour en faire deux anges. Oh ! que je vous remercie d'être venue enfin nous voir avec elles. Tout ce que je regrette, c'est de n'avoir pas une plus belle maison pour vous recevoir ; mais si chétive qu'elle soit, je tâcherai que vous vous y plaisiez assez pour ne pas la quitter tant qu'il restera une feuille à nos arbres.

La maison de Suzanne n'était pas une demeure élégante ; mais toute personne ayant des goûts simples pouvait se contenter de l'hospitalité qu'on y trouvait. Mme Bernier pria la bonne paysanne de ne rien changer pour elle à ses habitudes et de ne pas trop gâter ses filles. Ces deux recommandations ne furent guère mieux suivies l'une que l'autre ; tout fut mis sens dessus dessous dans la ferme ; Suzanne ne trouvant rien d'assez beau, rien d'assez bon pour l'aimable dame, dont la visite la rendait si heureuse, et ne sachant quelle fête faire aux deux enfants.

Adèle et Caroline comprirent bientôt qu'elles étaient les maîtresses du logis, et que chacun, y compris Suzanne et son fils Claude, courait au-devant de leurs moindres caprices. Toutefois, elles n'abusèrent pas de ce pouvoir; elles reçurent avec reconnaissance les petits services des domestiques, les soins empressés de la bonne Suzanne, et enchantèrent Claude par l'affection qu'elles lui témoignèrent.

Claude était un garçon de vingt-cinq ans, bon comme le pain, mais un peu simple d'esprit. On le disait du moins au village, parce qu'il ne trouvait rien à répondre à ceux qui lui cherchaient querelle ou qui se moquaient de lui. Sa mère, qui le connaissait mieux que tout le monde, assurait qu'il raisonnait fort bien et qu'il ne lui manquait, pour ne pas paraître plus sot qu'un autre, que d'oser se montrer tel qu'il était. Mme Bernier ne tarda pas à être du même avis. Claude était timide à l'excès, c'était son seul défaut. En apprenant qu'Adèle et Caroline allaient venir au village, il s'était senti tout joyeux; mais quand elles arrivèrent, il alla se cacher dans la grange, et il fallut que Suzanne l'appelât dix fois pour qu'il se décidât à venir. Mais Caroline lui sauta au cou et lui tira les cheveux, Adèle l'appela son grand frère Claude, et toutes deux le conduisirent à Mme Bernier, qui lui donna la main et le pria de si bonne grâce de veiller sur les deux espiégles, qu'il se trouva tout de suite à l'aise avec elle.

Huit jours se passèrent sans que personne eût à se plaindre des deux enfants, et par conséquent sans que leur bonne mère leur adressât le plus léger reproche. Mais alors, Adèle, qui commençait à trouver un peu monotone le plaisir de courir du matin au soir dans les champs ou dans les bois, eut la mauvaise pensée de s'amuser un peu aux dépens de son ami Claude. Rien n'était plus facile que de tromper ce brave garçon ; c'était même tellement facile, que tout autre qu'Adèle n'en eût pas voulu prendre la peine. Incapable de mentir et ne croyant pas qu'on pût se faire un jeu de sa crédulité, Claude acceptait sans défiance tout ce que lui disaient les deux petites demoiselles, et il était si bon, que quand il les voyait rire des niches qu'elles lui avaient faites, il ne songeait pas à s'en fâcher. Pourtant il en éprouvait malgré lui un peu de peine; car, au lieu de s'occuper uniquement d'Adèle et de Caroline, comme il l'avait fait d'abord, au lieu de les promener tout le jour, de les conduire à la pêche, de leur attraper des papillons, de leur cueillir des bouquets ou de risquer de se casser le cou pour atteindre au haut des branches quelques fruits oubliés dont elles avaient envie, il dit qu'il avait de l'ouvrage et s'excusa d'être obligée de les quitter.

— Nous l'avons mérité, dit Caroline quand sa sœur se plaignit de cet abandon; nous ne devions pas nous moquer de ce bon Claude; mais nous lui avons débité toutes sortes de mensonges. C'est bien mal. Dieu nous en a punies; et si maman le savait, elle nous punirait aussi. Cela ne nous arrivera plus, n'est-ce pas, Adèle ?

— Mais à quoi donc veux-tu qu'on passe son temps si l'on ne rit pas un peu ? répondit Adèle. Quand un mensonge ne fait de tort à personne, est-ce donc un si grand crime ?

— Ceux-là ont fait du chagrin à Claude, j'en suis sûre; d'ailleurs, maman dit qu'il ne faut jamais mentir.

— Ma chère petite Caroline, vous êtes encore trop jeune pour me faire de la morale, dit Adèle piquée; et comme votre sermon ne m'amuse pas du tout, j'ai bien l'honneur de vous saluer.

En même temps elle fit à sa sœur une révérence ironique et sortit en courant. Caroline voulut la rejoindre; mais quand elle arriva sur le seuil, Adèle avait déjà disparu.

— Elle va revenir, se dit la petite fille.

Et pour que Mme Bernier n'eût pas le sujet de gronder Adèle, elle prit un livre et alla s'asseoir au fond du jardin, sous une tonnelle où sa sœur ne pouvait manquer de la chercher tout en rentrant; car elles s'y rendaient souvent ensemble.

Adèle n'était pas fâchée de donner une leçon à l'enfant qui lui en donnait de temps à autre sans y songer; elle se promit de n'aller la rejoindre qu'à l'heure du dîner; et comme elle n'était pas du tout peureuse et qu'elle connaissait très-bien la partie du bois dans laquelle Claude les conduisait presque tous les jours, elle s'y enfonça en chantant. Mais elle n'était pas habituée d'être seule et elle s'aperçut bientôt que Caroline lui manquait au moins autant qu'elle pouvait manquer à Caroline. Elle eut la pensée de retourner à la ferme, une mauvaise honte la retint. Elle s'assit au pied d'un arbre, effeuilla, sans les regarder, les jolies petites fleurs écloses autour d'elle, arracha et jeta au vent des brins d'herbe et de mousse, laissa couler le long de ses joues quelques larmes de dépit et d'ennui, et finit par s'endormir.

Le bruit de lourds sabots résonnant sur la terre sèche du chemin la réveilla. Elle se leva, pensant que quelque garçon de ferme la cherchait; mais elle ne vit qu'un homme assez proprement vêtu, arrêté devant un de ces poteaux qu'on place au point de jonction de deux routes pour indiquer où chacune d'elles conduit. L'inconnu entendit le froissement des branches qu'Adèle écartait pour regagner le sentier, et se tournant à demi vers elle :

— Par où faut-il passer, s'il vous plaît, dit-il, pour aller à Neuville ?

— Prenez à gauche et suivez tout droit, répondit Adèle.

— Merci, ma fille, dit l'inconnu en s'engageant du côté qu'on lui désignait.

— Il me semble qu'il pourrait bien dire mademoiselle, pensa notre petite orgueilleuse. C'est un homme bien mal élevé ; aussi je n'ai pas de regret de lui avoir dit de prendre à gauche. A-t-on jamais vu pareil imbécile ? Il n'a qu'à lever les yeux pour connaître son chemin et il s'amuse à interroger les passants. Tiens ! ajouta-t-elle, il ne sait peut-être pas lire. Eh bien! tant pis pour lui : il n'avait qu'à étudier quand il était jeune, cela ne me regarde pas.

Comme on le voit, Adèle venait encore de céder à la tentation de mentir; elle savait parfaitement que, pour aller à Neuville, c'était le sentier de droite qu'il fallait prendre, puisque Neuville était le village de sa nourrice. Elle n'eut pas la pensée de courir après l'étranger pour le remettre dans le bon chemin; au contraire, on eût dit qu'elle s'applaudissait de ce qu'elle venait de faire; car elle reprit sa chanson et retourna gaîment à la ferme.

Mme Bernier avait bien raison de s'inquiéter et de s'affliger naguère en voyant Adèle s'habituer à mentir; car en peu de temps cette habitude était presque devenue un besoin.

Dès que Caroline aperçut sa sœur, elle courut à sa rencontre, l'embrassa, lui reprocha doucement de l'avoir laissée si longtemps seule et lui demanda où elle était allée.

— J'ai été te cueillir un bouquet, chère mignonne, répondit Adèle, afin que tu ne me gardes pas rancune de ma sotte bouderie de tantôt.

— Que tu es donc bonne et que je t'aime !

s'écria la petite fille toute joyeuse. Maman ne s'est pas aperçue de ton absence et Claude, qui est venu me voir, a cru que tu étais auprès d'elle. Je lui ai dit que nous ne le ferions plus enrager, que nous aimions peut-être trop à rire, mais que nous n'étions pas méchantes et qu'il fallait nous pardonner. Il m'a pris les mains et m'a regardée avec ses grands yeux si bons, en me disant : « Eh bien ! mes chères petites demoiselles, riez de moi tant que vous voudrez ; si ça vous amuse, je ne m'en plaindrai pas. » Puis, il s'est détourné pour essuyer une grosse larme. Ce serait un péché, vois-tu, que de tourmenter ce pauvre agneau du bon Dieu.

— Soit ! nous ne le tourmenterons plus, j'y consens.

— A la bonne heure ! Ah ! voici Suzanne qui entre à la laiterie ; allons l'y rejoindre.

— Vous arrivez à propos, mes chers petits anges, leur dit la bonne nourrice. Laquelle de vous deux veut me lire cette lettre que je viens de recevoir ? Je lis tant bien que mal dans les livres ; mais quand il s'agit de déchiffrer l'écriture, c'est une autre affaire.

Adèle prit la lettre et lut ces quelques lignes :

« Je serai à Metz lundi à trois heures après

midi. Envoie Claude m'y attendre, ma bonne sœur. Je meurs d'envie de l'embrasser ainsi que toi.

« Ton frère,

« Louis MARTIN. »

— Lundi à trois heures ! Il y a cela sur la lettre, ma fille? s'écria Suzanne. Vous ne vous trompez pas, ma chérie ?...

— Non, Suzanne. C'est bien lundi à trois heures.

— Et il en est six. Seigneur ! que va donc dire mon pauvre Louis ! Et Claude qui n'est pas là !

— Qu'est-ce que tu as donc, ma bonne nourrice? Te voilà toute troublée, dit Caroline. C'est donc une mauvaise nouvelle que tu reçois ?

— C'en est une bien bonne, au contraire : mon frère Louis qui vient nous voir. Quand je dis nous voir, c'est une manière de parler, car le cher garçon est aveugle. Et c'est pour ça que je suis désolée de n'avoir pas reçu la lettre plus tôt, afin d'envoyer au-devant de lui jusqu'à Metz, comme il me le recommande.

Claude rentra quelques minutes après, ne prit que le temps d'atteler sa cariole et partit. Il fallait deux heures au plus pour aller à Metz et en revenir, mais on attendit vainement jusqu'à dix heures du soir : ni Claude ni Louis ne parurent. Suzanne était inquiète. Mme Bernier lui rappela qu'il ne fallait qu'une minute de retard pour manquer le convoi et que, sans doute, son frère n'arriverait que le lendemain de bon matin. Suzanne, un peu rassurée, se coucha, mais elle ne dormit pas.

Il était un peu plus de minuit quand on frappa à la porte de la ferme; elle courut ouvrir.

— Ma bonne Suzanne, lui dit M. Bernier, dont elle reconnut aussitôt la voix, je vous amène un pauvre aveugle que j'ai trouvé mourant dans un fossé. Faites-lui bien vite préparer un lit.

— Un aveugle! Où est-il, mon Dieu, où est-il ?

— Là, dans ma voiture. Claude peut-il m'aider à le descendre ?

— Louis! mon pauvre Louis! Ah! quel malheur ! s'écria Suzanne en courant au cabriolet. C'est lui! mon Dieu!... c'est lui ! Mais il est mort!...

— Non, il n'est pas mort; mais il a besoin de prompts secours. Ah! ma bonne Suzanne, que je suis heureux de l'avoir sauvé, puisque c'est votre frère.

En un instant toute la maison fut sur pied. Quand l'aveugle eut repris ses sens et que M. Bernier eut reçu les embrassements de sa femme et de ses enfants, on voulut savoir comment ils s'étaient rencontrés si heureusement pour le pauvre Louis.

— Arrivé à Metz à la nuit tombante, dit M. Bernier, je n'eus pas plus tôt appris que ma chère famille était ici, que je me remis en route. Mais j'avais passé en voiture deux nuits et un jour, j'étais accablé de fatigue, et, malgré tous mes efforts, je ne tardai pas à m'assoupir. Mais d'ici à la ville, la route est bonne, et je n'avais pas d'accident à redouter. De temps en temps, j'ouvrais à demi les yeux pour les refermer aussitôt, et je finis par m'endormir profondément. Il était environ neuf heures quand je fus réveillé par des gémissements douloureux. Je descendis de voiture, et, m'approchant du bord de la route, je distinguai au bas du talus, très-rapide en cet endroit, un homme qui s'agitait dans le fossé rempli d'eau. Je n'avais qu'une chose à faire : attacher mon cheval de l'autre côté du chemin et descendre vers ce malheureux. Je me hâtai, car ses plaintes devenaient de plus en plus faibles; cependant à ma voix il reprit courage et je parvins à le sauver.

— Au risque de votre vie, Monsieur, répondit l'aveugle; car un instant j'ai cru que vous ne parviendriez pas plus que moi à vous retirer de l'eau boueuse que les grandes pluies tombées il y a huit jours ont amassée dans ce fossé.

— Il est vrai que j'ai été très-content d'avoir dans ma malle de quoi remplacer vos vêtements et les miens, mon cher Louis; car nous aurions fait peur à tout le monde ici.

— Mais, mon Dieu, dit Suzanne, je connais pourtant la route de Metz comme notre jardin, et je ne vois ni la côte ni le fossé dont vous parlez.

— Il paraît que, pendant que je dormais, il avait pris fantaisie à mon cheval de tourner le dos à Neuville.

— Ah! c'est le bon Dieu qui vous avait conduit là, Monsieur, pour sauver mon pauvre frère. Mais lui, comment donc s'y trouvait-il?

— Parce qu'une enfant à qui j'ai demandé le chemin de Neuville a eu la méchanceté de m'en indiquer un autre.

— Est-il possible, dit Caroline, de vouloir tromper un aveugle !

— Je dois même avoir été bien près d'ici, reprit Louis ; car j'ai marché longtemps avant d'arriver à l'endroit où je suis tombé en voulant me garer d'une diligence que j'entendais venir.

— Aussi, pourquoi n'avoir pas attendu Claude ; ta lettre est arrivée si tard, qu'il ne pouvait pas être là-bas à trois heures.

— Un brave homme qui allait jusqu'à une petite lieue d'ici m'avait pris dans sa charrette ; c'est dans le bois que je me suis perdu. Mais si jamais je rencontre la petite fille qui s'est si cruellement moquée de moi, nous règlerons notre compte ; car je reconnaîtrais sa voix entre mille.

Adèle se réjouit de n'avoir pas encore parlé depuis qu'elle était entrée dans la chambre du malade ; elle se plaignit tout bas d'avoir sommeil, et Mme Bernier la renvoya ainsi que Caroline.

— N'est-ce pas, Adèle, dit la petite fille, que le bon Dieu punira la méchante enfant qui a failli faire périr ce pauvre aveugle et notre cher petit père ? Pense donc au chagrin que nous aurions eu si on l'avait trouvé mort ce matin dans le fossé !... Moi, j'en frissonne.

— Ne parle pas de cela, je t'en prie, dit Adèle en fondant en larmes.

— Oh ! ne pleure pas, ma sœur ; tu vas me faire pleurer aussi ; il faut nous réjouir, au contraire, et remercier Dieu, qui nous a préservées d'un si grand malheur !

— Il faut prier aussi pour cette petite fille qui a égaré l'aveugle, reprit Adèle.

— Certes, non, dit Caroline ; elle ne le mérite pas.

— Tu sais bien que maman dit qu'il faut pardonner aux méchants et demander à Dieu qu'ils se corrigent.

— Ah ! c'est vrai, répondit la gentille enfant, qui se mit aussitôt à genoux et pria de tout son cœur.

Le lendemain, Adèle était si pâle, que son père et sa mère la crurent malade ; elle les rassura et s'informa de Louis. L'aveugle avait une très-grande fièvre, et quand Suzanne n'était pas auprès de lui, elle pleurait à chaudes larmes. Le médecin, qu'on avait envoyé chercher, trouva son état des plus graves et ne répondit pas de le sauver. Pendant trois jours, Louis eut le délire A chaque instant, il voulait se lever, il demandait son bâton, il criait qu'on arrêtât la petite fille qui l'avait tué, et qu'on la lui amenât. Claude ne le quittait pas et la bonne Suzanne était triste à faire pitié. M. Bernier voulait partir; mais elle le supplia d'attendre encore, et comme Mme Bernier s'entendait à soigner le malade mieux que la bonne fermière, qui n'avait plus la tête à elle, il fut convenu qu'on resterait à Neuville jusqu'à ce que Louis fût hors de danger.

Le quatrième jour, vers le matin, il dormit paisiblement pendant deux heures et se réveilla en parfaite connaissance. Ce fut une grande joie pour toute la maison, mais surtout pour Adèle. La pauvre enfant n'avait, pour ainsi dire, pas cessé de pleurer; elle ne mangeait presque plus, ne jouait plus et causait à peine. Quand le médecin eut déclaré que l'aveugle était en convalescence, elle choisit l'instant où les deux familles se trouvaient réunies autour de lui, et, se jetant à genoux, près du lit, et, d'une voix entrecoupée de sanglots, elle lui dit :

— C'est à moi, monsieur Louis, que vous avez demandé votre chemin; je n'ai pas vu que vous étiez aveugle; mais quand je l'aurais vu, je ne sais pas si cela m'aurait empêchée de mentir, tant j'y étais habituée. Mais je n'oublieai jamais que j'ai failli causer votre mort et que mon père a couru un grand danger par ma faute. Je ne mentirai plus, je le promets à Dieu, à mes parents et à vous. A présent, battez-moi si vous voulez, et toi, maman, punis-moi, je l'ai bien mérité.

— Je n'avais pas ma raison quand je parlais de me venger, dit l'aveugle ; je vous pardonne de bien bon cœur, ma chère enfant ; car je vois bien que votre repentir est sincère. Allons ! donnez-moi votre main et ne pleurez plus.

Adèle se tourna ensuite vers sa mère. Mme Bernier lui tendit les bras.

— Voilà une leçon bien sévère, dit-elle ; mais elle t'aura profité. Désormais, j'en suis sûre, tu ne mentiras plus.

FIN.

Rouen. Imp. MÉGARD et Cie, Grand'Rue, 156.

Chez les mêmes Éditeurs :

DIVERSES COLLECTIONS

IN-8°, IN-12, IN-18 ET IN-32

DE

VOLUMES D'ÉDUCATION,

FORMANT ENSEMBLE

200 TITRES DIFFÉRENTS.

ROUEN. — IMP. MÉGARD ET Ce.

www.ingramcontent.com/pod-product-compliance
Lightning Source LLC
LaVergne TN
LVHW021643170726
843501LV00007B/2394

* 9 7 8 2 3 2 9 6 4 8 5 7 6 *